해성스님의
우리는 모두 하나 마음공부

행복의 나루터

해성스님의

우리는 모두 하나 마음공부

행복의 나루터

머리글

"사람들이 마음 속에 품고 있는 뜻은 오직 한 가지 오늘보다 더욱 나은 내일이기를 바라는 것이다."라고 부처님께서 말씀하셨습니다. 아침마다 항상 희망차고 긍정적인 마음으로 하루를 시작한다면 꿈과 희망을 이룰 수 있는 멋진 삶이 됩니다.

아침마다 BBS 불교방송 "해성스님의 우리는 모두 하나 마음공부" 문자 메시지와 카카오톡으로 부처님의 말씀을 전하며 행복을 나누는 소중한 시간을 만들어 드리고 있습니다. 우리가 그토록 바라는 행복은 각자의 마음속에 숨어 있습니다.

이 세상의 미덕은 거창하지 않으며 우리 손이 닿지 않는 저 높은 곳에 있지도 않습니다.

따뜻한 차 한잔과 친구로부터 걸려오는 전화 한 통화, 카톡 한 구절도 행복의 선물로 생각할 수 있습니다. 그러나 카톡과 문자 메시지로 전해진 글들은 휴대폰의 특성상 한 번 읽고 흘려 버릴 수밖에 없는 실정입니다. 그래도 아침에 전달하는 좋은 가르침을 간직하고 싶어 매일 글로 적어서 보관하여 읽으며 마음을 다스리고 있다고 감사의 마음을 전하는 분들도 많습니다.

이러한 안타까움을 도서출판 도반 김광호 대표님께서 우리의 삶에서 꼭 듣고 싶은 말을 영원히 가슴속에 간직할 수 있도록 '해성스님의 우리는 모두 하나 마음공부' 문자 메세지 제 2집을 '행복의 나루터' 라는 책명으로 간행해 주어서 감사를 드리며 크나큰 영광으로 생각합니다. 그리고 항상 격려하여 주신 법산 큰스님께도 깊은 감사를 드립니다.

이 책을 읽으며 힘들고 어렵다는 생각보다도 감사하고 사랑스러운 마음의 목록을 만드는 연습을 하는 것도 좋을 듯합니다. 우리들의 마음은 이 세상을 뛰어넘는 문이고 해탈로 가는 나루터와 같습니다.

항상 바쁜 일정이지만 잠시 자신을 돌아보며 기다릴 줄 아는 사람은 희망과 고통이 교차하는 오늘을 누리며 내일을 포기하지 않습니다. 늘 현재에 살면서 내일을 발원하는 것이 바로 희망의 삶입니다.

오늘도 부처님의 가르침을 통해 어두운 곳에 등불이 되고 슬픔이 있는 곳에 기쁨이 되며 아름다운 마음으로 열어가시기를 기원합니다.

2022년 9월
해성

해성스님 행복나루

가자!
저곳을 향하여
행복이 손짓하는
바로 저기 반야의 언덕

가자!
들숨에 한 걸음
날숨에 한 걸음
연꽃 향기 피어나는 광야

보라!
자비의 돛대
법성의 밝은 등불
아침 햇살에 하나 되리라.

해성스님이 아침 햇살에 띠우는
마음의 향기를 모은 책
행복의 나루터 출간을
축하합니다.

영축산 통도사 법산 합장

1

어떤 것을 얻으려는 생각을
하지 않으면
마음이 편안하여
마음속에서 모든 근심이 사라진다

– 법구경 –

옴 아모카 바이로 차나 마하 무드라 마니
파드마 즈바라 프라바를 타야 훔

우리가 일상생활에서 용서라는 단어를 많이 사용하지요. 용서란 마음속에 가두어둔 미움과 증오와 갈등과 원망의 마음을 조용히 내려놓는 것을 말합니다. 자신에게 고통을 준 사람을 용서하지 않는다면 그 고통의 굴레에서 벗어날 수 없으니까요. 결국 용서는 남을 해치려는 마음을 다독여서 사랑의 길로 인도하는 것입니다.

2

긴 세월에 걸쳐 은혜와 사랑을 쌓아도
이별을 피할 수는 없다

— 불소행찬 —

옴 아모카 바이로 차나 마하 무드라 마니
파드마 즈바라 프라바를 타야 훔

우리는 언젠가 다시 만나겠지 싶어서 만남을
미루거나 도움주는 일을 밀쳐두기도 합니다.
오해가 생겨도 언젠가 풀어줄 시간이 있겠지
하며 시간을 흘려보내기도 하지요. 그러나 인
생은 알 수 없는 것이어서 삶의 어느 지점, 서
로가 다시 만날 수 없게 되면 그제서야 후회를
하게 됩니다.

3

기나긴 번뇌의 여행을 끝내고
온갖 근심과 속박에서 벗어난 사람에게
괴로움은 결코 존재하지 않는다

– 소부경전 –

옴 아모카 바이로 차나 마하 무드라 마니
파드마 즈바라 프라바를 타야 훔

우리는 때로 더 많은 것, 더 좋은 것을 얻는 것이 행복이라고 착각합니다. 자연적인 것, 우리가 늘 마주하는 바람과 나무와 강물이 주는 평화와 기쁨이 훨씬 큽니다. 만물이 생동하는 봄, 산속에 자리한 멋진 사찰들을 찾아서 자연이 주는 치유의 힘을 경험해보셔도 좋겠지요.

4

마음의 불안이나 나태함
이 모든 것들은
깨달음을 이루는데
가장 큰 방해가 된다

— 소부경전 —

옴 아모카 바이로 차나 마하 무드라 마니
파드마 즈바라 프라바를 타야 훔

마음은 혼란스러울 때가 더 많고 공연히 두려움에 떨고 있을 때도 있습니다. 무엇이 옳은 것이고 무엇이 사랑이며 무엇이 아름다운 것인지 아는 마음은 누구에게나 깃들어 있습니다. 사람들은 누구나 고귀한 성품을 지니고 있는데도 단지 모를 뿐입니다.

5

마음으로
밖을 관찰하고 또 안을 관찰하면
사유를 통해 저절로 기쁨이 생겨
다른 사람들과는
그 마음이 다르게 될 것이다

— 불설아함정행경 —

옴 아모카 바이로 차나 마하 무드라 마니
파드마 즈바라 프라바를 타야 훔

똑 같은 비를 맞고 같은 땅에서 자라도 식물들
은 저마다 다른 꽃, 다른 열매를 만들어내지요.
마찬가지로 똑같이 어려운 상황에 있어도 어떤
이는 그 상황을 헤쳐나갑니다. 어떤 이는 원망
하다 자신의 마음만 다치고 맙니다. 과연 우리
는 어느 쪽일까요?

6

불만의 생각을 끊어
뿌리째 없애버린 사람은
낮이나 밤이나 한결같이
마음의 안정을 누린다

– 법구경 –

옴 아모카 바이로 차나 마하 무드라 마니
파드마 즈바라 프라바를 타야 훔

불평과 원망 대신 노력과 인내를 택할 때 운명을 바꾸는 인생의 주인공이 될 수 있습니다. 사랑하고 용서하는 마음을 갖는 것, 건강한 삶을 위해서 필요합니다. 그리고 평화로운 삶을 위해서도 꼭 필요한 일이겠지요. 사랑과 용서, 남을 위한 것이 아니라 내가 나에게 주는 최고의 선물입니다.

7

사람으로서
몸과 마음을 존중하지 않으면
그것은 마치 뿌리없는 나무와 같다

– 시가라위경 –

옴 아모카 바이로 차나 마하 무드라 마니
파드마 즈바라 프라바를 타야 훔

언제나 자신을 존중하는 마음이 필요합니다. 힘들고 어려울 때 나는 소중한 사람이라고 다독여 보세요. 부정적인 감정에서 벗어나 새로운 미래로 전진할 수 있습니다. 팔씨름을 할 때 자기가 가진 힘보다 더 많은 힘을 발휘하는 방법이 있다고 합니다. 그것은 좋은 추억 행복했던 기억을 떠올리는 것입니다. 사랑받았던 추억, 누군가를 사랑했던 따뜻한 기억은 시련을 이겨내는 힘이 됩니다.

8

탐욕은 가장 나쁜 병이고
애착은 가장 큰 슬픔이다
이것을 참으로 아는 사람은
인생의 가장 큰 행복을 얻는다

– 법구경 –

옴 아모카 바이로 차나 마하 무드라 마니
파드마 즈바라 프라바를 타야 훔

사람들은 누구나 아름다운 사랑을 꿈꾸면서도
내가 먼저 받으려 하고 또 지나친 욕심때문에
상대방을 미워하게 됩니다. 그 욕심을 버릴 수
있어야만 사랑의 법칙인 헌신과 희생이 가능해
집니다. 부모와 가족 이웃들에 대해서 자신이
먼저 헌신과 희생을 한다면 우리의 사랑도 완
벽해지고 모두가 행복할 수 있겠지요.

9

세상살이에 곤란 없기를
바라지 말라
세상살이에 곤란이 없으면
제 잘난 체하는 마음과 사치한 마음이
일어난다

– 보왕삼매론 –

옴 아모카 바이로 차나 마하 무드라 마니
파드마 즈바라 프라바를 타야 훔

우리가 세상을 살아가면서 모든 일이 순조롭
게 풀리기만 바랄 수는 없습니다. 근심과 걱정
을 밖에서 오는 귀찮은 것으로 생각지 마세요.
자신의 삶의 과정으로 숙제로 생각하면 어떨까
요? 이제부터라도 걱정과 근심을 회피하지 말
고 그 어려움을 통해서 새로운 창의력을 발휘
해야 합니다.

10

게으름은 온갖 악의 뿌리요
부지런함은 온갖 선의 근원이다

– 열반경 –

옴 아모카 바이로 차나 마하 무드라 마니
파드마 즈바라 프라바를 타야 훔

씨앗이 없는 꽃이 있을 수 없고 꽃이 없는 열매
는 맺을 수가 없지요. 씨를 뿌리고 정성스럽게
가꾸어야 꽃도 피고 열매도 맺습니다. 세상의
모든 일이 행위가 없으면 결과도 없습니다. 우
리네 인생도 아무것도 하지 않고 무언가를 바
라기도 합니다. 그것은 마라톤을 하면서 출발
선에 서서 결승선을 지나려 하고 씨를 뿌리지
않은 채 수확하려는 것과 같습니다.

11

사람들은 저마다
자신의 행복한 삶을 살기 위해
자신이 마음속에
품고 있는 뜻을 따라 간다

– 아함경 –

옴 아모카 바이로 차나 마하 무드라 마니
파드마 즈바라 프라바를 타야 훔

사람들은 마음속으로 오늘보다 더 나은 내일이기를 바랍니다. 그러나 우리들의 바람은 땀 흘려 노력해야만 얻게 되는 것입니다. 자신을 사랑하지 않으면 어느 누구도 사랑할 수 없으며 어떠한 일도 이루기 어려우니까요. 우리가 남을 위해 사랑을 심어야 자신이 그 사랑을 거두게 됩니다.

12

목숨이 있는 모든 것들에게
항상 사랑과 자비를 베푼다면
두려움은 사라질 것이다

– 대방편불보은경 –

옴 아모카 바이로 차나 마하 무드라 마니
파드마 즈바라 프라바를 타야 훔

우리들의 마음은 손으로 만질 수 없습니다. 나의 마음을 만져줄 수 있는 사람은 먼저 자신의 진실을 보여주어야 합니다. 그래야 상대방도 마음의 빗장을 열 수 있습니다. 마음을 움직이는 도구는 오로지 순수하고 깨끗하며 상대방을 위하는 아름다운 마음뿐이지요. 우리들이 기다리는 성숙한 마음은 겸손하고 상대방의 결점도 잘 덮어줄 수 있는 마음입니다. 그때 너와 내가 한마음이 되어 마음을 만질 수 있습니다.

13

지붕이 허술하면 비가 새듯
마음을 잘 닦지 않으면
허황된 욕망이 쉽게 스며든다

– 법구경 –

옴 아모카 바이로 차나 마하 무드라 마니
파드마 즈바라 프라바를 타야 훔

내가 즐거우면 즐거움이 주위에 번지고, 분노를 던지면 분노가 메아리 되어 퍼집니다. 무엇인가 애써 주려고 하지 않아도 열린 마음으로 남의 말을 경청해야 합니다. 그러면 그 사람 곁에는 늘 사람들이 머물 것입니다. 오늘 하루라도 자신을 낮추어 저 평지와 같은 마음이 된다면 거기엔 더 이상 울타리도 벽도 없을 것입니다.

14

덕행을 쌓게 되면
행복이 찾아온다
진실이 최고의 맛이며
지혜롭게 사는 것이
최상의 생활이다.

– 법구경 –

옴 아모카 바이로 차나 마하 무드라 마니
파드마 즈바라 프라바를 타야 훔

누군가에게 선물을 받았을 때 기쁨보다도 내가
줄 수 있을 때 기쁨이 더 크다는 것을 느껴보셨
겠지요? 베푸는 것이라고 하면 주로 물질을 나
누는 것을 생각합니다. 그러나 자신들이 가진
아름다운 마음과 재능을 나누어서 도움을 주는
것이 더 큰 베풂입니다. 나의 재능과 마음을 나
눌 때 힘들고 어려운 사람들도 희망을 가지고
살아갈 수 있겠지요.

15

어려움에 빠진 중생을
구제했을 때는
다른 어떤 보시보다도
그 공덕이 크다

– 대장부론 –

옴 아모카 바이로 차나 마하 무드라 마니
파드마 즈바라 프라바를 타야 훔

우리는 모두 하나이고 너와 나는 둘이 아닙니다. 함께하는 행복한 세상을 우리 스스로 만들어야 합니다. 마음 따라서 사랑과 자비의 꽃이 피어나고 고통이 많은 이웃들에게 희망의 향기가 됩니다. 언제나 아름다운 행복의 문을 열어 자비의 메아리를 전달하는 우리가 되었으면 합니다.

16

자비심을 가지고
남을 위해 베푸는 공덕은
드넓은 대지처럼 몹시 광활하다

− 대장부론 −

옴 아모카 바이로 차나 마하 무드라 마니
파드마 즈바라 프라바를 타야 훔

꽁꽁 얼었던 땅과 눈을 녹이는 것은 한 줌의 따뜻한 햇살입니다. 각박한 세상을 푸근하게 녹이고 우리의 마음을 아름답게 만드는 건 바로 자비의 마음입니다. 서로에게 사랑을 베풀고 용기를 주어야 합니다. 언제나 반가운 마음으로 전하는 말 한마디도 상대방에게 활력을 전달해줍니다.

17

오늘 할 일을 내일로 미루면 안 된다
진실하고 굳건히 살아가는 것
그 누구에게나 그것이
하루하루 살아가는 최선의 길이다.

– 법구경 –

옴 아모카 바이로 차나 마하 무드라 마니
파드마 즈바라 프라바를 타야 훔

세월이 눈 깜짝할 사이에 지나간다고 아쉬워합니다. 시간의 소중함을 알고 지혜롭게 잘 사용해야 합니다. 지금 이 순간보다 더 귀중한 다음 기회가 없고 영원히 오지 않습니다. 바로 지금 이 순간이 우리 인생의 기반을 닦는 중요한 순간이라고 생각해야겠지요. 항상 시간의 가치를 이해하고 소중히 다루며 감사함을 느껴보면 어떨까요?

18

삶은 곧 마음이 만들어 내는 것이니
순수한 마음으로 말과 행동을 하게 되면
그림자가 물체를 따르듯이
기쁨은 그를 따른다

– 법구경 –

옴 아모카 바이로 차나 마하 무드라 마니
파드마 즈바라 프라바를 타야 훔

조그만 일이라도 소중히 생각하며 집중하는 사
람만이 행복의 기쁨을 누릴 수 있습니다. 살
다 보면 삶에 힘들고 어려운 일이 생길 수 있습
니다. 그 때는 지금의 고통이 곧 내일의 행복
을 위한 디딤돌이라 생각해 보세요. 그리고 마
지막까지 최선을 다하며 끊임없이 노력해 보세
요. 그러면 무슨 일이든 성취하여 행복을 맛볼
수 있게 됩니다.

19

과거에 끄달리지도 말고
미래를 걱정할 필요도 없다
오직 오늘의 한 생각만을
굳게 지켜야 한다

− 법구경 −

옴 아모카 바이로 차나 마하 무드라 마니
파드마 스바라 프라바를 타야 훔

맛있는 음식이 눈앞에 있을 때 맛있는 것을 먼저 먹는 사람도 있고 아꼈다가 나중에 먹는 사람도 있지요. 행복이라는 기준에서 보면 맛있는 걸 먼저 찾아먹는 사람이 행복지수가 더 높다고 합니다. 먼 훗날을 위해 지금을 희생하는 것보다 지금이 즐거워야 더 좋은 내일도 기대할 수 있기 때문이겠지요.

20

이 세상에서 가장 귀중한 일은
지금 만나는 사람에게
기쁨과 웃음과 평화의 자비를
베푸는 일이다

― 벽암록 ―

옴 아모카 바이로 차나 마하 무드라 마니
파드마 즈바라 프라바를 타야 훔

웃음은 우리에게 희망을 줍니다. 웃으면 복이
오고 웃음은 만병통치약이라고들 하지요. 많이
웃고 크게 웃으면 운동효과가 있다고 합니다.
또 면역력이 높아지고 삶의 행복지수도 높아진
다고 하는데요. 간혹 웃을 일이 없다고 말하는
사람들도 있습니다. 마음을 바꾸어서 환한 웃
음 짓는다면 행복이 조금씩 가까이 다가올 것
입니다.

21

건강은 자신에게 가장 큰 이익이 되고
만족은 최고의 재산이다.

– 법구경 –

옴 아모카 바이로 차나 마하 무드라 마니
파드마 즈바라 프라바를 타야 훔

사람들은 살면서 재산을 늘리고 재물을 하나씩 쌓는 것을 부자라고 생각합니다. 그러나 진정한 부자는 지혜와 복덕을 쌓고 넉넉한 마음으로 건강을 지켜가는 일이지요. 건강은 나의 손길을 필요로 하는 이들과 나누는 것입니다. 서로를 소중히 여기며 사는 것이 진정한 부자입니다

22

부모와 자식 남편과 아내
그리고 친족끼리
언제나 아끼고 사랑하라
아버지의 사랑은 무덤까지 이어지고
어머니의 사랑은 영원까지 이어진다

− 무량수경 −

옴 아모카 바이로 차나 마하 무드라 마니
파드마 즈바라 프라바를 타야 훔

사랑은 가족이든 남녀관계든 상대방을 믿고 배려하며 보답을 바라지 않고 주고 또 주는 것입니다. 상대방과 하나가 되어 서로 의지하고 도우며 살아가야 행복하겠지요. 사람이 제일 불행할 때는 자신을 사랑하는 이가 아무도 없다고 느낄 때입니다. 누군가에게 사랑받고 싶다면 먼저 자기 자신을 사랑하며 다른 사람도 사랑하여 보십시오.

23

어떤 일을 하는데
쉽게 되기를 바라지 마라
일이 쉽게 이루어지면
마음이 경솔하게 될 수 있다
어떤 어려움도 극복하고
일을 성취하는 것이
더 보람차다

– 보왕삼매론 –

옴 아모카 바이로 차나 마하 무드라 마니
파드마 즈바라 프라바를 타야 훔

자신이 하고자 하는 일을 시작하려면 철저한 준비와 꼭 해야 한다는 마음으로 마무리를 잘 해야겠지요. 일이 손에 잡히지 않고 생각보다 쉽게 안 된다고 포기하면 그 일은 영원히 이룰 수 없습니다. 아무리 힘든 일도 최선을 다하면 남을 감동시키고 나와 세상을 변하게 하지요. 멋진 시작보다 아름다운 마무리가 더 큰 행복을 만들어 줍니다.

24

남들이 하는 일을 살피지 말고
항상 자신의 일이
올바른지 그른지를 돌아보도록 하라

– 법구경 –

옴 아모카 바이로 차나 마하 무드라 마니
파드마 즈바라 프라바를 타야 훔

요즘 우리는 속도의 경쟁 속에서 살아가는 듯합니다. 스마트폰의 버튼만 누르면 필요한 물건이 전국 어디로도 즉시 배송됩니다. 모든 도구의 성능은 얼마나 빠른가로 결정됩니다. 직장에서도 누구보다도 먼저 승진하고 빨리 집을 사는 사람을 부러워합니다. 그러나 때로 쉬어가면서 나를 돌아볼 줄 알아야 합니다. 그래야 속도의 경쟁에서 자신을 잃고 인생의 방향을 잃는 일을 줄일 수 있습니다.

25

사람의 마음을 유혹하는
아름다운 꽃일지라도
향기가 없는 꽃이 있듯이
아무리 좋은 말도
행동으로 옮기지 않으면
아무런 이익이 없다

– 법구경 –

옴 아모카 바이로 차나 마하 무드라 마니
파드마 즈바라 프라바를 타야 훔

우리들의 마음은 때때로 변합니다. 어떤 마음을 가지냐에 따라 자신의 행동이 달라지고 삶의 방향이 결정됩니다. 미워하고 원망하는 마음은 자신을 더욱 힘들고 불행하게 만듭니다. 언제나 상대의 허물보다는 칭찬하고 격려하는 여유로운 마음이 행복한 삶을 열어갈 수 있습니다.

26

세상의 온갖 것에 대해
가지려는 생각을 버린다면
항상 마음이 편안하여
마침내 근심이 없어질 것이다

– 화엄경 –

옴 아모카 바이로 차나 마하 무드라 마니
파드마 즈바라 프라바를 타야 훔

만약에 마음속에 저울이 있다면 남에게 베풀 때와 받을 때 눈금이 어떻게 바뀔까요. 주는 만큼 받아야 하는 세상처럼 삭막한 곳은 없습니다. 그런데도 나에게 주지 않는다고 섭섭한 마음 담아두고 있지는 않는지요. 언제나 여유로운 마음으로 가족은 물론 이웃을 사랑으로 감싸면 좀 더 살기 좋은 세상이 될 것입니다.

27

덧없는 생각
부질없는 생각을
끊어야 한다
그러면 마음이
넉넉하고 편안할 것이다

– 잡아함경 –

옴 아모카 바이로 차나 마하 무드라 마니
파드마 즈바라 프라바를 타야 훔

아침마다 집안 청소를 하듯이 때로는 마음의
짐을 정리하는 시간도 필요하겠지요. 불필요한
잡념 쓸데없는 욕심과 작별하는 마음의 청소도
지금 해볼까요? 우리 모두 각자가 어떤 생각으
로 세상을 보느냐에 따라 삶의 풍경 세상의 풍
경은 달라집니다.

28

마음속에 좋은 생각을 품고
말하고 행동하면
즐거움이 따른다
그림자가 물체를 따르듯이

– 법구경 –

옴 아모카 바이로 차나 마하 무드라 마니
파드마 즈바라 프라바를 타야 훔

내가 원하는 일이 잘 안될 때도 있지요. 나는 왜? 하면서 부정적인 생각도 하게 됩니다 그 순간 부정적인 생각을 버리고 긍정적인 마음을 갖아야 합니다. 고통 없는 행복은 없으니까요. 내가 불행하다고 느껴질 때는 바로 나는 아름답고 소중한 사람이라고 생각해 보세요. 그리고 나자신을 아끼며 사랑한다고 속삭여보세요. 자신을 사랑하는 긍정적인 생각이 행복의 지름길이 됩니다.

29

사랑하는 마음을 닦으면
탐욕을 끊을 수 있고
연민하는 마음을 닦으면
증오심을 끊을 수 있다

– 열반경 –

옴 아모카 바이로 차나 마하 무드라 마니
파드마 즈바라 프라바를 타야 훔

오늘은 많은 이들을 칭찬해 보세요. 남을 칭찬하
는 순간 내가 행복하고 세상도 아름답게 합니다.
지난날 내가 칭찬받았던 추억과 또 남을 칭찬했
던 기억들은 오랫동안 우리들의 마음에 남게 되
지요. 그리고 마음의 등불이 되고 힘들고 어려움
도 이겨낼 수 있는 큰 힘이 됩니다. 나 자신도 칭
찬해 주시고요. 나의 가족과 회사동료 그리고 친
구들 지금 내 곁에 가까이 있는 이들을 먼저 칭
찬하세요. 모든 이들에게 사랑과 칭찬을 맘껏 표
현하는 순간 행복을 느끼게 될 것입니다.

30

내 가르침은 넓고 커서
큰 허물이라도 용서하나니
지금 참회하는 것이 좋다

– 증일아함경 –

옴 아모카 바이로 차나 마하 무드라 마니
파드마 즈바라 프라바를 타야 훔

따뜻한 봄바람이 얼음을 녹이고 격려의 말이 지친 사람을 일으켜 세웁니다. 비난이나 훈계보다는 칭찬과 사랑이 사람을 키웁니다. 때로 부족한 면이 있더라도 잘했다고 인정해주고 격려해주세요. 그것이 서로에게 줄 수 있는 따뜻한 선물이 아닐까요.

31

덕과 지혜를 갖추어
바르게 행동하고
진실을 말하고
자기 의무를 다하는 사람은
이웃에게서 사랑을 받는다

– 법구경 –

옴 아모카 바이로 차나 마하 무드라 마니
파드마 즈바라 프라바를 타야 훔

우리 주위에 많은 풀과 나무들이 있습니다. 말 없는 식물들이 여러 가지 일을 합니다. 어떤 풀 잎은 곤충들의 둥지가 되고 또 새들이 날개를 접는 쉼터도 되어줍니다. 또 어떤 나무는 사람들이 쉬면서 즐길 수 있는 그늘도 만들어 줍니다. 식물과 같이 상대방을 감싸주고 도와주며 화해롭게 살아가는 우리가 행복합니다.

32

지금 사랑하는 사람이 있다면
후회없이 마음껏 사랑해야 한다
그대에게 사랑할 시간은 그리 많지 않다

– 입보리행론 –

옴 아모카 바이로 차나 마하 무드라 마니
파드마 즈바라 프라바를 타야 훔

우리들의 삶은 만남으로 인해서 진행됩니다. 언제 어디서 누군가를 만나더라도 기분 좋게 미소 지어 보세요. 그리고 "감사합니다~ 사랑합니다"라고 하며 오늘을 열어보신다면 어떨까요? "감사합니다"라고 말하는 순간 내 마음도 포근해지고 상대방도 마음이 따뜻해질 것입니다.

33

자신을 다스리고
언제나 자제하며
자신을 이기는 자가
다른 사람을 이기는 자보다 낫다

– 법구경 –

옴 아모카 바이로 차나 마하 무드라 마니
파드마 즈바라 프라바를 타야 훔

금가루가 아무리 귀하다 할지라도 눈에 들어가
면 병이 되겠지요. 어떤 것이 아무리 좋고 가치
있는 것이라 해도 그것에 집착하거나 매이지
말아야 합니다. 우리는 때로 내가 아는 사실 내
가 알고 있는 지혜에 기대어 세상을 잘못 판단
하거나 또 다른 이를 잘못 보면 안 됩니다.

34

깨끗하고 더러움은
오직 자신으로부터 비롯되니
누구도 그 사람을
깨끗하게 만들 수는 없다.

– 법구경 –

옴 아모카 바이로 차나 마하 무드라 마니
파드마 즈바라 프라바를 타야 훔

마음속으로는 사랑하고 염려하면서도 자기도 모르게 감정적인 말과 행동으로 상대방의 마음을 아프게 할 때가 있습니다. 자신의 잘못을 알면서도 자존심 때문에 상대방에게 사과하기를 힘들어 합니다. 그러나 자신의 잘못을 알고 바로 참회하며 즉시 행동에 옮기는 사람이 정말 멋있는 사람입니다.

35

진실은 최고의 맛이며
지혜롭게 사는 것이 최상의 생활이다

– 법구경 –

옴 아모카 바이로 차나 마하 무드라 마니
파드마 즈바라 프라바를 타야 훔

좋은 사람들과 함께 있으면 예쁜 꽃이 가득한 정원에 있다는 생각을 하게 됩니다. 선행에는 향기가 있어서 자신을 아름답게 만들어 줍니다. 그 맑은 향기는 널리 퍼져서 모두를 아름답게 해줍니다. 더불어 사는 사람들의 마음이 나 혼자만이 아닌 우리가 될 때 모두가 행복할 수 있습니다.

36

자신의 마음이 안정되어 있지 않으면
남이 아무리 칭찬해 준다 해도
그것은 부질없는 것이다

– 장로게경 –

옴 아모카 바이로 차나 마하 무드라 마니
파드마 스바라 프라바를 타야 훔

평정심을 유지하는 사람의 마음은 조용하지만 강합니다. 불안정한 마음은 나뭇잎이 바람에 흔들리고 촛불이 불안하게 춤추다 꺼지는 풍경과 같습니다. 안정된 마음은 고요하여 광야에서도 흔들리지 않습니다. 마음이 불안정한 사람은 칭찬을 듣고 기뻐하다가도 작은 비난 하나에 기쁨을 잊고 절망하지요. 일희일비하는 마음은 나약함의 증거입니다.

37

마음을 쓰지만 항상 비었으니
실체가 있다고 할 수도 없고
텅 비었지만 마음 씀이 있으니
또한 없는 것도 아니다.

– 달마대사안심법문 –

옴 아모카 바이로 차나 마하 무드라 마니
파드마 즈바라 프라바를 타야 훔

그림자는 눈에 보이지만 빛과 형체가 일시적으로
만들어 낸 것일 뿐 만질 수도 잡을 수도 없습니다.
바람은 느낄 수 있지만 공기의 흐름일 뿐 볼 수도
잡을 수도 없습니다. 마음도 그림자나 바람처럼
있으면서도 없는 오묘한 것이지요. 실체가 없어도
그림자는 드리우고 바람은 불어옵니다. 아무도 그
림자와 바람을 부정하지 않습니다. 우리 마음도
그 오묘함은 끝내 알 수 없을지라도 부정할 수 없
습니다. 잘 쓰는 것만큼은 오직 자기 몫입니다.

38

정진을 할 때
너무 조급하면 들뜨게 되고
너무 느리면 게으르게 된다
그러므로
너무 집착하지도 말고
너무 방일하지도 말라

– 잡아함경 –

옴 아모카 바이로 차나 마하 무드라 마니
파드마 즈바라 프라바를 타야 훔

긴 거리를 달려야 하는 마라톤에서 초반에 너무 속도를 내면 몸의 리듬이 흐트러집니다. 느리게만 달리다 보면 너무 뒤처져 남은 거리 동안 만회하려면 힘들지요. 모든 일을 오랫동안 꾸준히 나아가려면 일의 속도는 자신의 힘과 능력에 맞춰 빠르지도 느리지도 않게 해야합니다. 마음 씀은 한곳에 얽매이지도 모든 것에 무심하지도 않게 조절해야 합니다.

39

남을 가르치듯 스스로 행한다면
자신을 잘 다스릴 수 있고
남도 잘 다스리게 된다

― 법구경 ―

옴 아모카 바이로 차나 마하 무드라 마니
파드마 즈바라 프라바를 타야 훔

지식이 풍부한 사람보다 한 가지를 알더라도 앞장서서 실천하는 사람이 변화를 만들고 세상을 바꿉니다. 부족함이 많게 보이는 사람일지라도 그 사람만의 장점과 재주가 있습니다. 상대방의 단점을 찾아내기보다는 장점만 생각해 보세요. 그때 서로의 관계도 좋아지고 나도 한 걸음 성장하는 기회가 됩니다.

40

깨끗한 마음으로
말과 행동을 하면
그에 따른 행복과 보람이
그 사람을 따라다닌다.

– 법구경 –

옴 아모카 바이로 차나 마하 무드라 마니
파드마 즈바라 프라바를 타야 훔

서로를 위해 나누고 베풀면서 작은 일에도 환하게 웃을 수 있는 순간이 행복합니다. 힘들고 어려울 때 상대방의 손을 따뜻하게 잡아주세요. 위로의 한마디, 밝게 웃으며 "감사합니다"라고 해보세요. 고마움의 표현이 서로의 사랑을 키우는 따뜻한 포옹입니다.

41

사랑을 실천하라
넓은 사랑으로
모든 생명을 구해주어라
그러면 좋은 일이 생겨
항상 행복하리라

– 법구비유경 –

옴 아모카 바이로 차나 마하 무드라 마니
파드마 즈바라 프라바를 타야 훔

나를 이해해주는 우리 가족들에게 감사함을 느껴보세요. 가족들과 기쁨과 사랑을 느낄 수 있고 아픔을 같이 나눌 수 있는 나는 행복합니다. 그들이 있기에 어려운 순간에도 쓰러지지 않고 다시 일어나 힘을 낼 수 있었습니다. 그 감사한 마음은 나 자신의 삶을 더욱 풍성하게 해 줍니다.

42

마음은 비록 보이지 않지만
지혜 있는 사람은 마음을 잘 다스린다

- 법구경 -

옴 아모카 바이로 차나 마하 무드라 마니
파드마 즈바라 프라바를 타야 훔

등산을 즐기는 사람들은 등산대회를 좋아하지
않는다고 합니다. 대회에서 이기려고 숨 가쁘
게 빨리 오르는 것에 집착하다 보면 산의 아름
다움과 바람의 숨결을 느낄 수가 없기 때문이
라고 합니다. 모든 일들이 목표에만 집착하다
보면 과정의 즐거움을 잊게 되니까요.

43

오늘은
어제의 생각에서 비롯되었고
현재의 생각은
내일의 삶을 만들어 간다

– 법구경 –

옴 아모카 바이로 차나 마하 무드라 마니
파드마 즈바라 프라바를 타야 훔

우리는 오지도 않은 미래에 대한 걱정으로 마음이 편안치 않을 때가 많습니다. 걱정근심은 나만이 아닌 누구나가 다 겪게 되는데 나에게만 오는 것 같은 느낌을 받을 때도 있습니다. 우리의 인생살이는 심한 고통을 이겨야 행복을 느낄 수 있지요. 온갖 갈등을 통해서 안정도 느낄 수 있으며 불안을 통해서 평화도 느낄 수 있습니다.

44

마음속에 바라는 것은 똑같으나
땀 흘려 노력하는 사람만이
그것을 얻을 수 있다

– 별역잡아함경 –

옴 아모카 바이로 차나 마하 무드라 마니
파드마 즈바라 프라바를 타야 훔

우리가 살아가면서 자신의 부족함으로 찾아오
는 고통이 불편하고 견디기 어렵다고만 생각하
면 안 됩니다. 그 고통의 시간을 통해 나처럼
힘든 다른 이들을 돌아보게 되지요. 그리고 더
큰 고통도 이겨낼 힘을 키우게 되는 것입니다.
찬서리를 맞고 꽃들이 아름답게 피어납니다.
고통이 없이는 행복을 느낄 수 없습니다.

45

부지런히 정진하면
일하는데 어려울 것이 없다
작은 물방울이 쉬지 않고 흘러
돌을 뚫는 것처럼

– 불유교경 –

옴 아모카 바이로 차나 마하 무드라 마니
파드마 즈바라 프라바를 타야 훔

우리는 무엇이고 이룰 수 있다는 희망을 안고 살아갑니다. 혹시 실행하지 못하여 미련이 남을 것 같다며 목표를 포기하면 안 됩니다. 시간이 더 걸리더라도 한마음으로 끊임없이 노력해야 합니다. 그래야 높은 벽도 점점 낮아지고 바닷물도 퍼낼 수 있는 겁니다. 최선을 다해 노력하기 전에 '불가능'이라는 낙인을 찍어 버릴 필요는 없습니다.

46

쉬지 않고 계속하면
목적한 일은
마침내 반드시 이루어진다
저 시냇물이 흘러 흘러
마침내 바다로 가듯이

– 법구경 –

옴 아모카 바이로 차나 마하 무드라 마니
파드마 즈바라 프라바를 타야 훔

고통스러운 일이 생기더라도 곧 즐거움이 올 것이라는 희망을 가지고 꾸준히 노력해야겠지요. 우리 몸에서는 매일 새로운 세포들이 생겨난다고 합니다. 몸을 이루는 세포들이 끊임없이 변화한다는 것은 생명의 기본적인 조건이 변화한다는 의미도 되니까요. 고통은 행복의 변화라고 생각을 바꾸어보세요.

47

몸은 깨달음의 나무
마음은 맑은 거울
언제나 부지런히 보살피고 닦아야 한다

– 숫타니파타 –

옴 아모카 바이로 차나 마하 무드라 마니
파드마 즈바라 프라바를 타야 훔

우리가 누군가를 만나서 대화를 하다 보면 상대방의 모습이 가슴에 그려집니다. 좋은 말을 나누다 보면 좋은 모습이 그려지며 그 사람을 생각할 때마다 즐겁고 행복합니다. 그러나 나쁜 말을 나누다 보면 나쁜 모습이 그려지고 그 사람을 생각할 때마다 괴롭고 두렵습니다. 어느 누구를 만나더라도 언제나 좋은 말을 하며 모두가 즐거운 삶을 살아가야겠지요?

48

진실한 말은
감로수와 같아서
모든 사람들을
이롭게 하고 평화롭게 만든다

– 묘법성염처경 –

옴 아모카 바이로 차나 마하 무드라 마니
파드마 즈바라 프라바를 타야 훔

진정한 행복은 이 다음에 이루어야 할 목표가 아니라 지금 이 순간 존재하는 것입니다. 산에 올라 소리를 지르면 메아리로 울려 퍼져서 나에게 돌아옵니다. 우리들의 삶도 그와 같습니다. 자신의 삶에 대한 불평 불만을 던지면 그 불평이 자신에게 돌아옵니다. 또 행복한 삶의 미소를 던지면 그 행복의 미소가 지금 이 순간 자신에게로 돌아오겠지요. 삶은 미래가 아니니까요.

49

지혜로운 사람은
남에게 베풀 줄 안다
마음에 탐욕이 없어
자기의 공덕을 남에게 돌린다

– 증일아함경 –

옴 아모카 바이로 차나 마하 무드라 마니
파드마 즈바라 프라바를 타야 훔

우리는 모두 귀한 존재입니다. 사랑으로 서로를 존경하고 이해하고 감싸주며 살아야 합니다. 조금 더 많이 가졌다고 교만하지 말아야겠지요. 또 못 가졌다고 주눅 들지 않아야 합니다. 서로를 조금만 더 배려하고 용서하고 사랑한다면 행복한 세상을 만들어 갈 수 있습니다.

50

자신의 행복을 위해서
다른 사람의 행복을 방해하지 않는다면
그는 진정한 행복을 느낄 수 있다

− 법구경 −

옴 아모카 바이로 차나 마하 무드라 마니
파드마 즈바라 프라바를 타야 훔

아무리 춥던 겨울도 때가 되면 따뜻한 햇살에
게 봄의 자리를 내어줍니다. 우리가 살아가다
보면 힘들고 어려운 일도 만나게 됩니다. 이럴
때는 원한을 가지고 밝히려고 하는 것보다 조
용히 기다리는 마음이 중요합니다. 시간이 지
나면 저절로 해결되는 일들도 세상에는 분명히
있지요. 가끔은 차분하게 기다리는 것이 과감
한 행동보다 더 현명한 해결책입니다.

51

재산을 잃는 것은
작은 것이다
가장 크게 잃는 것은
지혜를 잃는 것이다

– 증지부경 –

옴 아모카 바이로 차나 마하 무드라 마니
파드마 즈바라 프라바를 타야 훔

경제가 어려울수록 재산이 풍부한 부자를 제일 부러워합니다. 대부분 많은 사람들이 재물이 많은 부자만이 성공했다고 생각하지요. 그러나 진정한 성공은 넉넉한 마음으로 건강을 지키며 지혜와 공덕을 쌓는 것입니다. 그리고 자비 나눔을 실천하고 누구보다 후회 없는 보람된 삶을 사는 사람이 진정한 부자입니다.

52

자신의 마음이 깨끗하고 밝으면
세상 또한 깨끗하고 밝다

– 잡아함경 –

옴 아모카 바이로 차나 마하 무드라 마니
파드마 즈바라 프라바를 타야 훔

봄을 맞아 들판을 곱게 수놓은 아름다운 꽃을
보면서 감동을 느끼지 못하는 이들도 있습니
다. 아무리 아름다운 풍경도 내 마음이 불안하
고 복잡하면 그것을 제대로 느낄 수 없으니까
요. 그럴 때는 자비심을 키우는 연습을 해보세
요. 순간 꽃도 아름답게 볼 수 있고 모든 일에
감사하는 힘도 키울 수 있습니다.

53

어버이를 효도로 섬기고
즐거운 얼굴빛으로
넉넉하게 봉양해야 한다

– 진학경 –

옴 아모카 바이로 차나 마하 무드라 마니
파드마 즈바라 프라바를 타야 훔

부모님과의 만남은 억겁의 인연으로 맺어진 아름다운 만남입니다. 부모님들은 좋은 것은 자식에게 주고, 자식을 위해선 궂은일도 마다하지 않습니다. 세상에서 제일 훌륭한 자식으로 키워주시려고 평생을 바치십니다. 우리들의 부모님이 바로 자비로운 부처님이십니다, 부모님을 부처님같이 모시겠다고 다짐하는 시간 만들어 보십시오.

54

다른 사람의 선행을 목격하면
복을 축원하고 기뻐하는 것은
보시하는 것과 같다

– 인과경 –

옴 아모카 바이로 차나 마하 무드라 마니
파드마 즈바라 프라바를 타야 훔

하루를 살아도 진실을 찾고 남을 위해 봉사하는 사람보다 더 나은 삶이 없을 것입니다. 우리는 순간적인 행복이나 즐거움을 기원하는 것보다 항상 즐겁고 행복함을 기원해야 합니다. 영원한 행복은 바로 복을 짓는 일입니다. 복을 짓는 것은 모든 이들에게 베푸는 보살행이지요. 주위에 고통받는 이웃들과 함께 나누는 보살행이 바로 공덕의 밭을 가는 멋진 삶입니다.

55

욕심이 적은 사람은
어떤 고난을 맞이해도
항상 마음이 너그럽고 여유가 있다

– 유교경 –

옴 아모카 바이로 차나 마하 무드라 마니
파드마 즈바라 프라바를 타야 훔

나의 가장 좋은 친구는 바로 나 자신입니다. 자신을 사랑하고 인정할 수 있어야 마음이 평화롭고 너그러워집니다. 나보다 더 부자만 바라보며 부러워하고 욕심내면 상대적인 결핍을 느끼게 되지요. 그러면 마음도 불편하여 삶에 만족을 느낄 수 없습니다.

56

칭찬을 해도 비난을 퍼부어도
마치 나무와 같이 움직이지 않는 사람
이런 사람이 진정한 성자이다

– 숫타니파타 –

옴 아모카 바이로 차나 마하 무드라 마니
파드마 즈바라 프라바를 타야 훔

우리가 살아가며 누군가의 평가나 비난에는 속
상해서 밤잠을 설치기도 하고, 누군가의 칭찬
에는 우쭐해하기도 합니다. 그러나 외부의 평
가가 아닌 자신의 평가 곧 내가 나를 어떻게 바
라보며, 내가 나를 어떻게 인정하느냐가 더 중
요합니다. 마음의 중심이 단단한 사람은 칭찬
과 비난에 쉽게 흔들리거나 좌절하지 않습니
다.

57

용서는
미움과 원망의 마음에서
스스로를 해방시키는 것이므로
자기 자신에게 베푸는
가장 큰 선물인 것이다

— 달라이라마 —

옴 아모카 바이로 차나 마하 무드라 마니
파드마 즈바라 프라바를 타야 훔

미워함을 없애거나 화를 없애는 보약은 바로 자비와 용서입니다. 행복하고 평화로운 삶을 원하면서도 분노와 미움의 씨앗을 심을 때가 있습니다. 그러면서 행복하기를 바란다면 행복의 열매가 자랄 수 없을 것입니다. 항상 이해하고 용서하는 마음이 나를 행복하게 합니다.

58

지혜로운 사람은
결코 어떤 고난에도
마음이 흔들려 괴로워하지 않는다

− 숫타니파타 −

옴 아모카 바이로 차나 마하 무드라 마니
파드마 즈바라 프라바를 타야 훔

더운 여름에도 폭염을 견디며 농부들은 식물의
부모가 됩니다. 언제나 사랑의 마음으로 곡식
과 과일이 잘 자랄 수 있도록 끊임없는 관심으
로 보살펴 주니까요. 과일을 일일이 봉지로 싸
며 좋은 수확을 거두기를 발원하기도 합니다.
오곡백과가 무르익은 들판은 마음을 풍요롭게
합니다. 땀 흘린 농부들의 삶에서 인과응보의
가르침을 배울 수 있습니다.

59

깨끗한 삶을 살려면 먼저
자신의 마음의 거울을 닦아야 한다

– 열반경 –

옴 아모카 바이로 차나 마하 무드라 마니
파드마 즈바라 프라바를 타야 훔

신문이나 뉴스를 보면 기쁜 소식보다는 안타깝고 슬픈 소식들이 더 많습니다. 가끔은 우리를 분노하게도 하고 한숨짓게 하는 소식도 끊이질 않지요. 어두운 밤에 달빛이 골고루 비추어 세상을 밝혀주듯이 힘든 생활 속에서도 자신의 마음속 자비의 등불을 밝혀보세요. 험한 세상을 헤쳐가는 빛이 되고 힘든 세상에 포근한 위로가 됩니다.

60

다른 사람을 존중하고
스스로 겸손하며
모든 것에 만족할 줄 알고
반드시 은혜를 생각하며
시간이 있을 때면
가르침을 들어라

− 대길상경 −

옴 아모카 바이로 차나 마하 무드라 마니
파드마 즈바라 프라바를 타야 훔

물은 우리에게 멋진 가르침을 줍니다. 물은 자신이 가야할 길을 찾아서 쉬지 않고 흐르며 언제나 낮은 곳으로 흐릅니다. 우리도 살아가면서 교만심을 버리고 낮은 곳으로 흐르는 물처럼 하심하는 마음이 필요합니다. 언제나 남의 뜻을 존중하며 어진 마음으로 끊임없이 정진하는 삶이 아름답습니다.

61

사람의 마음은
자신이 생각하는 쪽으로
기울어지기 쉽다

– 잡아함경 –

옴 아모카 바이로 차나 마하 무드라 마니
파드마 즈바라 프라바를 타야 훔

대부분 많은 사람들은 자신의 장점보다 단점만을 생각하며 스트레스 받을 때가 많습니다. 이제 자신의 장점을 한번 찾아보면 어떨까요? 자신이 가지고 있는 정직함 진지함 착한 마음 좋은 인성 등은 돈으로 살 수 없습니다. 곧 나만이 가지고 있는 귀중한 자신의 재산입니다.

62

사람이 세상을 살아감에
허물이 있을지라도
스스로 그것을 고치면
그는 훌륭한 사람이다

– 증일아함경 –

옴 아모카 바이로 차나 마하 무드라 마니
파드마 즈바라 프라바를 타야 훔

우리가 사는 세상은 실수와 허물이 없이는 살아갈 수 없습니다. 자신의 실수와 허물을 숨기며 혼자서 가슴 아파하지 마세요. 바로 스스로 잘못을 뉘우치며 참회하고 용서를 구하는 마음이 필요합니다. 실수는 누구나 겪어야 하는 일이지요. 그러나 그 실수는 새롭게 도전하는 우리들의 삶의 양식이 됩니다.

63

행한 뒤에
후회하지 않고
만족스럽고 유쾌한 결과를 초래하는
그러한 행위를 하는 것이 좋다

– 법구경 –

옴 아모카 바이로 차나 마하 무드라 마니
파드마 즈바라 프라바를 타야 훔

우리의 행복한 인생을 위해 끊임없이 정진해야
합니다. 목표를 향하여 끊임없이 정진하는 사
람의 미래는 행복할 수 있습니다. 그러나 자신
의 목표도 결정하지 못하고 망설이는 사람의
앞날은 암담할 뿐입니다. 우리가 값지고 영원
한 행복의 삶을 누리고 싶어도 힘들고 어려운
일이 생깁니다. 그래도 할 수 있다는 마음은 무
엇이든지 이룰 수 있도록 뒷받침을 해줍니다.

64

세상일에 부딪쳐도
마음이 흔들리지 않고
걱정과 티가 없이 안온한 것
이것이 위없는 행복이다

− 숫타니파타 −

옴 아모카 바이로 차나 마하 무드라 마니
파드마 즈바라 프라바를 타야 홈

지나간 세월에 후회하는 것보다 생각이 날 때
바로 행동에 옮기는 용기와 의지를 가꾸어 나
가야 합니다. 시행착오는 누구나 겪는 소중한
경험이고 삶의 자산입니다. 자신의 모습을 보
며 겸손과 베풂을 보충하여 행복하게 살아가는
사람이 좋습니다.

65

부모님을 잘 섬기고
아내와 자식을 사랑하고 정성껏 돌보며
항상 올바른 일을 하니
이것이야말로 진정한 행복이다

– 숫타니파타 –

옴 아모카 바이로 차나 마하 무드라 마니
파드마 즈바라 프라바를 타야 훔

부모님께 제일 큰 효도는 부모님의 얼굴에 웃음을 만들어 드리는 것입니다. 내가 행복해하는 그 모습을 보고 기뻐하시는 순간들이 바로 효를 실천하는 것입니다. 멀리 있더라도 자식들의 감사의 목소리를 들으시면 행복해 하십니다. 오늘은 부모님의 두 손을 꼭 잡고 얼굴을 보며 감사하다고 사랑한다고 말하며 웃어보세요. 부모님이 나와 함께 웃는 순간이 제일 행복하실 것입니다.

66

오늘을 충실히 살고 있을 때
삶은 생기에 넘쳐 맑아진다

– 중대가전연일야현자경 –

옴 아모카 바이로 차나 마하 무드라 마니
파드마 즈바라 프라바를 타야 훔

우리의 몸은 마음을 따라 움직입니다. 마음이 자비로우면 몸도 자비로운 행동을 하고 마음이 어두우면 몸도 어두운 행동을 합니다. 한 번 가면 다시 오지 않는 황금 같은 시간을 멋지게 활용해야겠지요? 좋은 생각 행복한 생각 긍정적인 생각으로 우리에게 주어진 시간을 맘껏 활용해 보세요. 아름다운 미소가 가득 피어날 것입니다.

67

헛된 생각은
마치 구름과 같아서
하늘에 떠있는 해조차
보지 못하게 한다

– 삼혜경 –

옴 아모카 바이로 차나 마하 무드라 마니
파드마 즈바라 프라바를 타야 훔

우리들 마음속에 남은 생각들을 차분히 돌아보는 시간도 필요합니다. 지금까지 전하지 못한 사랑한다는 말과 감사하다는 말도 전해보세요. 미안하다는 말 그리고 당신 덕분에 용기를 가지고 열심히 살고 있다는 말을 전하는 것도 중요합니다. 서로의 마음이 통하면서 따뜻한 기운이 용기를 줍니다. 그리고 어떻게 살아야 잘 사는 삶인가에 대해서도 생각하게 됩니다. 아직까지 전하지 못한 말을 전하는 시간 만들어 보세요.

68

자신의 진정한 행복을
추구하는 사람은
비탄과 고뇌와 불만에 찬 독소를
뽑아 버린다

– 숫타니파타 –

옴 아모카 바이로 차나 마하 무드라 마니
파드마 즈바라 프라바를 타야 훔

우리는 걱정 근심을 친구처럼 항상 곁에 데리고 다닙니다. 그러나 지나친 걱정은 몸과 마음의 건강을 해치고 세상을 바로 보는 데 장애물이 됩니다. 언제나 관세음보살님의 아름다운 미소를 생각하며 사랑하는 마음을 가져 보세요. 그러면 마음이 편안해지고 행복해집니다.

69

온갖 보물 가운데
진실한 말이
으뜸가는 보물이다

– 정법념처경 –

옴 아모카 바이로 차나 마하 무드라 마니
파드마 즈바라 프라바를 타야 훔

사람들이 생각하지 못한 오해와 갈등으로 많이
들 힘들어하고 있습니다. 왜냐하면 솔직한 마
음을 열지 못하기 때문이겠지요. 가족이든 도
반이든 누구라도 솔직한 마음으로 서로 믿고
의지하십시오. 그러면 오해와 갈등이라는 어려
움이 접근할 수가 없을 것입니다. 솔직한 마음
그 자체가 바로 지혜로운 마음입니다.

70

인내력을 기르고
항상 말을 따뜻하고 부드럽게 하는 것
이것이 곧 행복이다

– 숫타니파타 –

옴 아모카 바이로 차나 마하 무드라 마니
파드마 즈바라 프라바를 타야 훔

감사한 마음은 세상을 평화롭게 해줍니다. 감사한 마음으로 생활하면 인간관계가 좋아지고 일도 잘 풀립니다. 감사의 힘은 나와 너를 하나로 만들며 세상을 아름답게 합니다. 가슴속에 묻혀있던 응어리는 모두 날려 보내세요. 세상 모든 존재를 사랑하고 귀하게 여기는 순간 나의 삶이 행복해집니다

71

마음이 깨끗하지 않으면
아무리 바르고 훌륭한 가르침이라도
결코 마음에 담을 수 없다

— 화엄경 —

옴 아모카 바이로 차나 마하 무드라 마니
파드마 즈바라 프라바를 타야 훔

우리들의 생각이나 말과 행동은 언제가 될지 모르지만 반드시 우리에게 다시 돌아옵니다. 나의 삶이 긍정적이라고 생각하면 삶은 나에게 긍정적인 선물을 줍니다. 그러나 나의 삶을 부정적으로 생각하면 삶은 나에게 부정적인 선물을 줍니다. 우리는 어떤 마음으로 살아야 할까요?

72

자기를 버리는 마음을
닦는 이는
탐욕과 성냄 차별하는 마음을
끊게 된다

– 열반경 –

옴 아모카 바이로 차나 마하 무드라 마니
파드마 즈바라 프라바를 타야 훔

촛불은 자신의 몸을 태우고 자신을 녹이며 빛을 비춥니다. 초의 몸이 불꽃에 녹아 맑은 물로 되고 그 맑음이 새로운 불을 밝힐 수 있습니다. 끊임없이 타오르는 신앙심과 실천은 우리의 마음을 맑게 정화해줍니다. 그 청정함이 있을 때만이 빛으로 화하여 어둠을 밝힐 수 있습니다. 우리도 촛불의 보살심을 배워보면 어떨까요?

73

보시를 할 때는
평정한 마음을 내어
자식이 자유롭게 살아가는 것을
보듯 하라

– 열반경 –

옴 아모카 바이로 차나 마하 무드라 마니
파드마 스바라 프라바를 타야 훔

아름다운 꽃들도 때가 되면 꽃이 지고 잎도 떨어집니다. 말라버린 꽃잎들은 피어있을 때와는 다르게 볼품없고 쓸모없어 보이기도 하지요. 하지만 그 잎과 꽃은 다시 땅으로 내려가 나무의 이불이 되어줍니다. 또 습기를 만들어 새로운 생명을 자라게 하고 더 나아가서는 퇴비가 됩니다. 우리도 누군가에게 필요한 역할을 할 수 있는 삶을 수놓아야겠지요?

74

보이지 않으며
볼 수도 없고
미묘한 것
그것이 마음이다
마음은
그가 좋아하는 곳이면
어디든지
그곳을 공상하며 날아간다

– 법구경 –

옴 아모카 바이로 차나 마하 무드라 마니
파드마 즈바라 프라바를 타야 훔

우리들의 인생은 순간순간이 모여 있는 것입니다. 그 순간마다 우리가 무엇을 해야 하는지 알아야겠지요. 그 일을 열심히 실천하고 있다면 그때가 최고의 순간이 될 것입니다. 최고의 순간이 쌓여서 최고의 인생을 만들 수 있습니다. 지금 이 순간부터 최고의 순간을 만들어 보시면 어떨까요?

75

자신의 이기심을 채우고자
정의를 등지지 마라

– 잡보장경 –

옴 아모카 바이로 차나 마하 무드라 마니
파드마 즈바라 프라바를 타야 훔

자신의 몸과 마음을 깊이 들여다보면 부족한
점을 찾을 수 있습니다. 자신에 대한 관찰력이
부족하여 특출한 재능을 무능하게도 하지요.
실천이 부족하여 잘못된 인생을 살아갈 수도
있습니다. 자신의 부족한 점을 찾아내서 바로
바꾼다면 자신의 장점들은 자연히 따르고 많은
일을 해낼 수 있습니다.

76

즐거운 마음으로
좋은 일을 하면
행복은 저절로 오게 마련이다

− 법구경 −

옴 아모카 바이로 차나 마하 무드라 마니
파드마 즈바라 프라바를 타야 훔

나의 삶을 누군가와 비교하며 경쟁하지 마십시오. 자신의 환경에 감사하며 아름다운 마음으로 꿈과 사랑을 이루어 나가는 것이 좋습니다. 나보다 높은 위치의 사람처럼 살려고 무리하지 말아야겠지요. 아래를 내려다보고 하심하는 마음으로 훈훈한 정을 나누며 격려와 위로로 살아가는 것이 멋진 삶이 될 것입니다.

77

내가 행복을 원하고
고통을 바라지 않는 것처럼
다른 사람도 행복을 원하고
고통을 바라지 않는다

− 법구경 −

옴 아모카 바이로 차나 마하 무드라 마니
파드마 즈바라 프라바룰 타야 훔

고통을 행복으로 바꿀 수 있는 지혜를 발휘하
도록 노력해야 합니다. 세상을 바꾸는 힘은 한
사람 한 사람의 에너지가 모여서 만들어지겠지
요. 지혜로운 마음으로 자신을 평화롭고 행복
하게 가꾸어 가면 고통의 세상을 얼마든지 바
꿀 수 있습니다.

78

아무리 좋은 말도
실천하지 않으면
좋은 결과를 얻을 수 없다

– 법구경 –

옴 아모카 바이로 차나 마하 무드라 마니
파드마 즈바라 프라바를 타야 훔

우리는 아는 것이 힘이 되고 또 아는 것이 많아
야 편히 살 수 있다고 생각하고 있습니다. 자
신의 지식이 풍부하다고 남을 무시하는 이들도
종종 볼 수 있습니다 그러나 아는 것만으로는
어떤 것도 바꿀 수 없습니다. 내가 알고 있는
하나의 지식이라도 삶 속에서 활용하고 실천을
할 때 비로소 아는 것이 힘이 될 수 있습니다.

79

은혜로운 마음으로
베풀어 쌓은
마음의 창고는
끝내 무너지지 않는다

– 아함경 –

옴 아모카 바이로 차나 마하 무드라 마니
파드마 즈바라 프라바를 타야 훔

우리의 행복한 인생을 위해 끊임없이 정진해야
합니다. 목표를 향하여 끊임없이 정진하는 사
람의 미래는 행복할 수 있습니다. 그러나 자신
의 목표도 결정하지 못하고 망설이는 사람의
앞날은 암담할 뿐입니다. 우리가 값지고 영원
한 행복의 삶을 누리려면 목표를 향해 앞만 보
고 열심히 달려가야 합니다.

80

온 누리 모든 생명에게
큰 자비심을 내어
사랑을 실천하고
그들을 편안하게 하는 것이
가장 행복한 삶이다

– 법구경 –

옴 아모카 바이로 차나 마하 무드라 마니
파드마 즈바라 프라바를 타야 훔

우리들의 마음을 표현하며 전달하는 것이 대화입니다. 서로의 마음속 의견을 나누고 행복을 주고 받게 됩니다. 상대방에게 좋은 영향을 주기 위함이 진정한 대화입니다. 상대방의 감정을 건드리는 대화보다 믿음과 신뢰를 주는 대화가 중요합니다. 서로를 격려하고 칭찬하는 진정한 대화가 행복의 지름길이 됩니다.

81

큰사랑의 마음으로
모든 생명에게 평등하게
즐거움을 준다면
이것이 한량없는 사랑의 실천이다

– 결정의경 –

옴 아모카 바이로 차나 마하 무드라 마니
파드마 즈바라 프라바를 타야 훔

웃음이 바로 행복입니다 우리들의 아름다운 미
소는 어떠한 어려움도 아픔도 극복하게 해주는
건강과 행복의 상징입니다. 상쾌하게 웃는 순
간 혈액순환은 물론이고 아픈 마음도 치유하는
보약이 됩니다. 항상 웃음을 전달하는 순간 자
신도 행복해지고 상대방도 행복하게 해줍니다

82

존경과 겸손과
만족과 감사와
때로는 가르침을 듣는 것
이것이 위없는 행복이다

− 숫타니파타 −

옴 아모카 바이로 차나 마하 무드라 마니
파드마 즈바라 프라바를 타야 훔

나의 고통으로 인하여 남의 고통도 느끼며 서로 사랑하는 마음도 알게 됩니다. 또한 하심하는 겸손한 마음으로 상대방을 존경하는 법도 배우게 됩니다. 고통이 바로 행복한 삶을 살아가는 방법이라는 것도 알 수 있습니다. 한순간 고통스럽다고 힘들어 하는 것보다 행복이 다가오는 과정이라고 생각을 바꾸면 되겠지요?

83

일을 시작했으면
중도에 쉬거나 그만두지 말고
끝을 맺도록 하라

– 잡아함경 –

옴 아모카 바이로 차나 마하 무드라 마니
파드마 즈바라 프라바를 타야 훔

추운 겨울 어려움을 견디고 꽃들이 예쁘게 피
어납니다. 꽃들이 공해와 스트레스에 시달리는
이들의 생활에 활력을 넣어 줍니다. 꽃들이 마
음의 건강과 행복을 열어줍니다. 꽃들이 어려
움에 지쳐있는 이들에게 잘 견디어야만 행복의
문이 열린다는 큰 가르침을 줍니다.

84

사람의 생각은
세상 어디를 가더라도
자신보다 더 사랑스러운 것을
찾지 못한다

– 승만경 –

옴 아모카 바이로 차나 마하 무드라 마니
파드마 즈바라 프라바를 타야 훔

자신을 귀하게 여기고 남을 사랑한다면 부러움
도 질투도 미움도 사라집니다. 사촌이 땅을 사
면 배가 아프다는 옛말이 있지요. 사람의 마음
한구석에는 남의 성공을 부러워하고 실패를 바
라는 사람도 있습니다. 그러나 자신을 사랑하
고 남도 사랑하는 그 순간부터 함께 행복할 수
있습니다.

85

세상의 등명이 되는 것이
최상의 복전이다

– 무량수경 –

옴 아모카 바이로 차나 마하 무드라 마니
파드마 즈바라 프라바를 타야 훔

사랑은 댓가를 바라지 않고 얼마든지 줄 수 있
어야 합니다. 자신을 사랑하며 또 누군가를 사
랑하고 신뢰할 수 있어야 합니다. 그것이 힘든
괴로움과 갈등 속에서 벗어나는 힘이 되지요.
그리고 자신의 삶을 아름답게 가꾸는 밑거름이
되며 순간 행복감을 느끼게 됩니다.

86

고요히 마음을 집중하고
모든 것을 잘 이해하고
통찰하는 지혜를 가져야 한다

– 불모출생경 –

옴 아모카 바이로 차나 마하 무드라 마니
파드마 즈바라 프라바를 타야 훔

지금 이 순간 행복을 누리기 위해서는 마음속
한구석에 자리 잡고 있는 탐내고 화내고 어리
석은 마음을 내보내야 합니다. 그리고 남을 위
해 자비로운 마음으로 베풀고 나누어야 합니
다. 그 순간 행복이 내 곁으로 가까이 와 기쁨
을 누릴 수 있게 합니다.

87

제 몸을 아끼고
자기를 사랑하는 사람은
절대 남을 해쳐서는 안 된다

– 무문자설경 –

옴 아모카 바이로 차나 마하 무드라 마니
파드마 즈바라 프라바를 타야 훔

항상 감사한 마음으로 살아가는 것이 행복합니
다. 눈으로 볼 수 있고 말할 수 있고 들을 수 있
는 감사함을 알아야 합니다. 순간 나의 마음은
감사함의 에너지가 생성되며 행복한 마음으로
변하는 것을 느낄 수 있습니다. 행복한 마음이
행복한 말과 실천을 하며 행복한 삶을 이루게
해줍니다.

88

아름다운 말보다
더 향기로운 것이 없다

– 십선계경 –

옴 아모카 바이로 차나 마하 무드라 마니
파드마 즈바라 프라바를 타야 훔

말 한마디에 천냥빚을 갚는다는 옛말이 있습니다. 사람들은 말로써 힘을 얻고 절망을 희망으로 바꿀 수도 있습니다 그리고 생각없이 무심코 던진 말에 많은 상처를 받는 경우도 있습니다. 말 한마디에 상대방의 인간성을 느끼게도 됩니다. 언제나 상대를 존중하는 진심한 말이 보약과도 같습니다.

89

인내를 가지고
자비를 실천하면
세세생생 적이 없고
마음속이 편안하다

– 나운인욕경 –

옴 아모카 바이로 차나 마하 무드라 마니
파드마 즈바라 프라바를 타야 훔

자신의 생각이 기쁨으로 맛볼 수 있게 하기 위
해서는 자신이 결심한 일들을 실천해야 합니
다. 오늘은 이 일을 꼭 할 것이라고 굳게 다짐
하고도 행동에 옮기지 못 할 때가 많습니다. 그
리고 혼자서 불안해하며 걱정을 하는데요. 모
든 일은 걱정으로 해결되지 않습니다. 바로 실
천에 옮겨야만 성취의 기쁨과 행복을 느낄 수
있습니다.

90

뜻을 이루고자 할 때는
먼저 욕심을 절제하는 것을
배워야 한다

— 별역잡아함경 —

옴 아모카 바이로 차나 마하 무드라 마니
파드마 즈바라 프라바를 타야 훔

자신의 가슴속에 품은 마음이 삶에 지름길이
됩니다. 기쁨과 희망 사랑이라는 긍정적인 마
음보다 욕심과 분노 질투라는 부정적인 마음
이 작용할 때가 많습니다. 행복한 인생을 위해
서는 언제나 긍정적인 마음으로 살아가야 합니
다.

91

내 모양을 보는 이나
내 이름을 듣는 이는
보리마음 모두 내어
윤회고를 벗어나기를

— 이산혜연선사 —

옴 아모카 바이로 차나 마하 무드라 마니
파드마 즈바라 프라바를 타야 훔

우리들 마음의 문이 항상 열려 있을 수가 없습
니다. 미운 사람 앞에서는 공연히 마음의 문을
닫고 혼자 괴로워하며 힘들어하기도 합니다.
그런 고통의 순간에는 자신의 마음을 돌아보며
참회해야 합니다. 그 순간 바른 마음 좋은 마음
으로 살아가게 하는 새로운 마음의 문을 열어
줍니다.

92

마음을 잘 지키고
말과 행동을 조심하는 사람은
어려운 일을 만나도
괴로워하지 않는다

– 소부경 –

옴 아모카 바이로 차나 마하 무드라 마니
파드마 즈바라 프라바를 타야 훔

우리들의 마음이 평화롭고 안온한 것은 외부에
서 주어지는 것이 아닙니다. 자기 자신의 마음
가짐에 따라 언제 어디서나 안온함을 만들 수
있습니다. 그 마음속에 따뜻한 온정이 누군가
에게 전달됩니다. 순간 상대방은 고통보다도
희망과 용기를 가지고 안락한 생활을 할 수 있
을 것입니다.

93

나와 남에게 좋은 일인지
깊이 생각하여
진실되고 기쁨 주는 일일 때는
용감히 행동하라

– 잡보장경 –

옴 아모카 바이로 차나 마하 무드라 마니
파드마 즈바라 프라바를 타야 훔

삶에 지친 이들에게 "사랑합니다" "당신이 최고
입니다"라는 말 한마디가 편안한 휴식이 되고
희망의 씨앗이 될 것입니다. 힘이 들수록 우리
는 자신의 인생을 사랑하고 삶을 소중히 여겨
야겠지요. 아울러 남을 위해서도 기도하며 봉
사하는 삶을 열어가야 합니다.

94

은혜를 베풀고
부드러운 말을 하라

– 선생경 –

옴 아모카 바이로 차나 마하 무드라 마니
파드마 즈바라 프라바를 타야 훔

상대방을 칭찬하는 것은 바로 행복을 보시하는
것입니다. 상대방의 좋은 점을 칭찬하는 말 한
마디가 상대방을 기쁘게 합니다. 생각 없이 무
심코 던진 날카로운 말 한마디는 상대방의 마
음을 아프게 하고 나의 마음도 아프게 합니다.
서로 나누는 대화 속에 자신의 인격이 보이고
말 한마디가 나의 생활을 평가할 수 있습니다.
오는 말이 고와야 가는 말도 샘물처럼 맑고 고
운 법입니다. 언제나 남을 칭찬하며 상대방을
기쁘고 행복하게 해 주시면 어떨까요?

95

때를 따라
보시하는 마음 지니면
복 받는 일
메아리와 같다

– 증일아함경 –

옴 아모카 바이로 차나 마하 무드라 마니
파드마 즈바라 프라바를 타야 훔

멀리 있는 친척도 이웃만은 못하다는 노랫말이
있습니다. 나 혼자만 잘 살고 행복하다고 한다
면 과연 행복이 빛날 수 있을까요? 이제는 나
만의 삶에서 벗어나 이웃과 나누는 기쁨이 무
엇인가를 알고 선행을 해야 합니다 함께하는
삶이 나 혼자만의 삶보다 더욱 아름다우니까
요.

96

세상의 모든 보물도
인내라는 보물에는
미치지 못한다

– 제법집요경 –

옴 아모카 바이로 차나 마하 무드라 마니
파드마 스바라 프라바를 타야 훔

인생살이가 어렵고 힘들다고 모든 일을 포기한다면 자신의 몸과 마음은 큰 상처를 받겠지요. 아무리 비싸고 좋은 차라도 오랫동안 운행을 하지 않고 세워만 둔다면 차의 기능이 저하될 것입니다. 혹시 힘들고 어렵더라도 내일의 꿈을 안고 힘차게 살아가면 언젠가는 그 희망을 이룰 수 있습니다.

97

몸은 깨달음의 나무
몸은 맑은 거울
언제나 부지런히
보살피고 닦아야 한다

– 천수경 –

옴 아모카 바이로 차나 마하 무드라 마니
파드마 즈바라 프라바를 타야 훔

어두운 밤에 불을 켜면 방안에 어둠이 사라지
고 방을 환하게 밝혀 줍니다. 우리의 마음도 이
와 같습니다. 자비로움이 마음에 가득하면 욕
심과 분노 미운 마음들이 사라지게 되니까요.
얼굴에 밝은 자비의 미소와 부드러운 말 한마
디가 우리들의 마음에 밝은 등불이 됩니다.

98

스스로
노여움의 과실에 의해
더럽혀지지 않으면
자기 자신을 평화롭게 함이요

– 섭대승론 –

옴 아모카 바이로 차나 마하 무드라 마니
파드마 즈바라 프라바를 타야 훔

우리들의 삶에서 참회하는 마음은 항상 곁에 두고 있어야 합니다. 잘못이 없이 살아가기 어려운 세상이니까요. 순간적으로 화가 나며 누군가가 미워지고 원망하는 마음이 생길 때는 바로 자신을 돌아보며 참회해야 합니다. 자신의 잘못을 뉘우치는 것은 더 나은 사람이 되기 위한 자신과의 약속입니다.

99

아버지의 사랑은
무덤까지 이어지고
어머니의 사랑은
영원까지 이어진다

— 무량수경 —

옴 아모카 바이로 차나 마하 무드라 마니
파드마 즈바라 프라바를 타야 훔

우리는 항상 부모님께 효도하며 살아야 한다
고 마음속 깊이 생각하고 있습니다. 아무리 좋
은 보석도 다듬지 않으면 빛을 낼 수 없습니다.
효도의 마음도 가슴속에 가득 가지고 있더라도
실천하지 않으면 쓸모가 없는 것입니다.

100

씨앗은
좋은 땅을 만나면
뿌리를 내린다
줄기도 잘 자라고
열매도 알차게 맺는다

– 방편심론 –

옴 아모카 바이로 차나 마하 무드라 마니
파드마 즈바라 프라바를 타야 훔

끊임없는 노력이 성공의 지름길입니다. 실내에서 기르는 화초들도 때에 맞추어서 물과 거름을 주어야 합니다. 정성으로 관심을 보이지 않으면 예쁜 꽃들을 피우지 못하더군요. 우리들의 삶도 역시 그와 같습니다. 자신이 가고자 하는 길을 향해 열심히 노력하지 않는다면 성공하여 만족스러운 행복한 삶을 누리기 어렵습니다.

101

사람의 몸은 하나지만
마음을 어지럽히는 마음의 색깔은
공작의 깃털보다 많다

– 잡아함경 –

옴 아모카 바이로 차나 마하 무드라 마니
파드마 즈바라 프라바를 타야 훔

사람을 두렵게 하는 것은 어떤 사건이 아니라 사람의 생각이라고 하지요. 안 좋은 일이 생기면 어떡하나 하는 불안한 마음입니다. 오지도 않은 미래에 대한 막연한 공포가 스트레스를 주는 것인데요. 이렇게 불안한 생각이 일어날 때 마음을 가다듬고 나를 정비하는 시간을 가져보면 어떨까요?

102

사람의 목숨은
깊은 산의 계곡물보다 더 빨라서
오늘 살아있다고 해도
내일을 보장할 수 없다

– 정법안장 –

옴 아모카 바이로 차나 마하 무드라 마니
파드마 즈바라 프라바를 타야 훔

세월이 유수와 같다는 말은 시간이 흐르는 물과 같아서 멈추지 않고 계속 흐른다는 의미입니다. 우리는 한 번 지난 시간은 다시 돌아오지 않는다는 것을 잘 알고 있습니다. 그런데 자신이 추구하던 일이 잘 이루어지지 않을 때는 세월이 덧없다고 아쉬워만 합니다. 지금 이 순간부터라도 세월의 아쉬움을 버리기 위하여 우리가 해야 할 일을 열심히 실천해야겠지요.

103

마음이 겸손한 사람에게는
온갖 복이 저절로 들어온다

– 초발심자경문 –

옴 아모카 바이로 차나 마하 무드라 마니
파드마 즈바라 프라바를 타야 훔

억새풀이 무성하게 자란 곳을 보면 어린 억새
들 사이로 마른 억새들이 서있습니다. 어린 억
새가 스스로 설 수 있도록 받침대가 되어 준다
고 합니다. 우리들의 삶도 서로에게 받침대가
되어 주고 울타리가 되어 준다면 함께 행복할
수 있겠지요?

104

나는 나를 주인으로 한다
나 밖에 따로 주인이 없다

– 법구경 –

옴 아모카 바이로 차나 마하 무드라 마니
파드마 즈바라 프라바를 타야 훔

아름다운 미소는 나를 기쁘게 합니다. 잠에서 깨어 거울을 들여다보며 살며시 짓는 미소는 행복을 줍니다. 행복한 미소는 나의 삶의 보석과 같습니다. 나의 행복이 가족과 이웃의 행복이 됩니다. 언제 어디서나 내 마음의 거울에 나의 생각과 행동을 비추어 보세요.

105

마음을 올바르게 가지면
복은 스스로 들어올 것이다

- 견의경 -

옴 아모카 바이로 차나 마하 무드라 마니
파드마 즈바라 프라바를 타야 훔

모든 일을 믿지 못하고 불신으로 가득찬 사람도 있습니다 이런 사람은 자신도 신뢰받지 못하는 인생으로 남게 됩니다. 언제나 긍정적인 마음으로 현재를 즐겁게 살아가는 연습을 해야 합니다 지금 이 순간 모든 것을 신뢰하는 마음으로 최선을 다하는 삶을 살아간다면 불안과 고통은 곁에서 점점 멀어져 갈 것입니다.

106

옳은 일은
힘써 행하고
옳지 못한 일은
반드시 그만두어야 한다

– 선림보훈 –

옴 아모카 바이로 차나 마하 무드라 마니
파드마 즈바라 프라바를 타야 훔

우리가 보람된 인생을 살아가기 위해서는 사랑을 나누며 베푸는 마음으로 살아야 합니다. 어떤 사람과도 원만한 대화가 필요하며 어떤 어려움도 극복할 수 있는 호의적인 마음이 필요합니다. 서로의 마음을 열고 대화하며 하나가 되는 순간 우리들의 마음은 여유로워지고 행복을 느끼게 됩니다.

107

근심과 속박에서 벗어난 사람에게
괴로움은 결코 존재하지 않는다

– 소부경전 –

옴 아모카 바이로 차나 마하 무드라 마니
파드마 즈바라 프라바를 타야 훔

우리는 스마트폰과 아주 절친한 관계가 되었습
니다. 일상에서는 물론 이동하는 버스나 지하
철, 걸음 걸을 때도 눈은 스마트폰에서 떠나지
못하고 있으니까요. 그러한 순간 머리가 복잡
하다고 하는 이들도 많습니다. 그럴 때는 잠시
눈을 감고 호흡하며 모든 것을 내려놓는 연습
을 해 보십시오.

108

자신을 등불로 삼고
오직 그대 자신에게 의지해야 한다

- 아함경 -

옴 아모카 바이로 차나 마하 무드라 마니
파드마 즈바라 프라바를 타야 훔

힘들고 어려운 일이 생기면 대부분 많은 사람들은 주변 환경과 남을 탓하게 됩니다. 삶의 여러 가지 근원은 자기 자신에게 있습니다. 어려운 상황을 극복할 수 있는 것은 오로지 자신의 희망이라는 마음뿐입니다. 희망은 긍정적인 힘과 가능성을 보여주니까요.

행복의 나루터

발행일	2022 년 10월 2일
지은이	해성 스님(방정숙)
펴낸곳	도서출판 도반
펴낸이	김광호
편집	최명숙, 김광호, 이상미
대표전화	031-983-1285, 010-8738-8925
이메일	dobanbooks@naver.com
주소	경기도 김포시 고촌읍 신곡리 1168 (신곡로 43-24)
홈페이지	http://dobanbooks.co.kr